谎 谁 雪
说 是
的

倪湛舸诗集

倪湛舸｜著

上海三联书店

雅众文化 出品

目 录

第五辑·春秋繁露

第六辑·去人欲，存天理

第七辑·思辨实在论 I

第八辑·神无方，易无体　　　　**第九辑·思辨实在论 II**

第一辑·情之所钟

The Burnout Society

我并没有对你厌倦，我只想和你，谈谈疲惫
更好的是，我们太累了，说不出话
只能躺在一起听彼此的呼吸
停顿不是特权者的装饰品，或失败者的遮羞布
我们从早到晚都在劳作或猎食
不能停下来，除非我们冒险深入的荒漠足够宽广
对，这里没有除我们之外的生命
你还好吗，我觉得我已经烧光了像落山的太阳

10/21/2016

夜班车

夜班车去春风吹拂的峡谷

白梨、稠李和晚樱开满山坡

像海浪暗涌，又像飞沫舍身

还像身不由己的这些年

我庆幸这班车还在路上

空荡荡的车厢里没有人唱歌

灰蒙蒙的车窗偶尔被街灯照亮

我的手掌贴着我的脸颊

山路蜿蜒，白梨、稠李和晚樱

开啊开啊总也不凋谢

多么疲惫，又是多么的伤悲

03/06/2017

四顾何茫茫，东风摇百草

想要说不，在喧闹的街心，对着书报亭里贩卖折叠伞的人，这里的地铁既非蓝线也不是绿线，这里的过客来去都匆匆，只有流着血的脚趾躲在靴子里过冬，它们偎依着彼此说不，不要在雨夹雪的天气检阅过期杂志的封面，不要陷入拼写困难只因被诅咒的生活变成了填字游戏，更不要用从干涸喷泉里捧来的硬币换取印满红心的折叠伞。

06/05/2017

醒时同交欢，醉后各分散

漆黑的电影院里，你来了，坐到我身旁，并没有带来什么好消息，或是坏消息，这些年的变迁从身后投射在银幕上，看啊，那些沿着河流奔跑的人，他们越跑越慢，怎么都抹不掉落在脸上的、蛛网般的树影，看啊，那些堆积在路上的螺丝、铁圈和睡觉的人，我也快要睡着了，我也没什么话可说，电影太漫长，看起来太累，我们静静地坐着就好，散场后各自离开就好。

03/11/2017

淇水汤汤，渐车帷裳

雨中骑车下楼，紧握刹车所维系的摩擦，是抗衡重力的微小任性，终究要滑下去，这倾斜的阶梯，那屋檐外时粗时细不停歇的雨，想要松手俯冲，追赶被雨攥紧前襟与后背的夜行人，亡友啊，把脸都留在了我的车篓里，你们带走的时光，在雨的疆域外清净透亮，我，丁零当啷的车，歌唱着被抛下的孤单和被召唤的凄惶。

09/10/2017

醉后不知天在水

只有烧成灰的东西，你们才收得到，烧成灰的风和耳语，烧成灰的水和波纹，烧成灰的光和远眺。我身子里还在燃烧的，从来都是你们啊，未成年的卑微或野望，无根花的凝滞和爆发，过路人的擦肩与踯躅。你们唯独收不到自己，你们仍在与我一同燃烧；我却早已送出了自己，我早就与你们一同成灰。

09/12/2017

暖气变寒谷，炎烟生死灰

旋转楼梯是种可怕的东西，这么说，不过是出于疼痛后的疲惫，而坦诚又紧跟着疲惫，悬空的金绳向上燃烧，我也坚持不懈地向上奔跑，是谁释放了那些被囚禁在过去的人影，他们从吊灯、天窗和如钩新月上纷纷飘落，咬紧我像艳丽的蠕虫啃噬枯叶，又像水蛭把活血输送回萎缩的脉络，我想我正变得越来越美，感谢这越来越重的披挂。

09/27/2017

旧货铺

旧货铺偶尔才开张，更糟的是，我们不知道它躲在哪里或何时显现，我想要好好招待你，你走进我的世界，像黑暗注入巨大的空白，我们却无法对话，日月星辰被拿走了，被给予的法则又被收回，我们去旧货铺吧，去翻检时光的鳞甲和命运的纹理，记得吗，那些点着灯的无主之舟，那些我们唱过的歌都没有词却长满了刺。

03/24/2017

音希声

我的水龙头总也拧不紧，如果外面不在下雨，你明白的，雨总会停，水龙头却总也拧不紧，无论我是醒或是在睡，时间本没有声音，雨或雪都不穿鞋，但我需要提醒，少年正老去，无论他是否操练欲言又止，是否与死者隔着天水，荒废了时间不要紧，告诉我什么才是不荒废，你过来吧，像水龙头垂下水滴那样，像雨悉数回到土里那样，告诉我啊。

03/19/2017

成行的轻，不成形的重

我想要低下头，像马那样把头垂在脚旁叹气，像马那样蒙着眼罩为了不被地铁站入口处的白气惊扰；街边花园的栅栏上缠绕着彩灯，寒冷是支离破碎的如同唇齿之间的糖粒，我已忘记梦里奔跑过的阶梯和缓缓并拢后移动继而远去的车厢门，肩膀上积着雪或是气球爆炸后的碎片；他迟疑着向我伸出手，像马那样追寻风里不存在的声音，像马那样在漫长跋涉的途中拖曳着自己的影子。

12/12/2016

力气就是财富然而我很穷

从山坡倾注而下、淹没了路面的落叶，是有力量的，如同比末日更早来临的使者，能够改变世间每扇窗打开的方向，和每只杯盏被照亮的时分，我默默地遥望了一整天，看见过路的孩童、老人和男女无一例外地提脚，为了让它更重地落下，为了让用力竖起的耳朵听见叶子破碎的声音，他们在巨大的空洞之上跳舞而不自知，他们微小的惊喜就像是冰层里被封存的气泡，不足以支撑我早已刺痛肋骨的呼吸。

11/15/2016

悬命

太过柔软的发丝,积累到足够长度,是一定会打起卷来的,对，就像遇见火苗的流苏花，骤然蜷起身子后慢慢扭转自己，多么细微的挣扎，活生生地垂在你眼前，却只因太过亲近而模糊不得见，被风吹乱的发丝不会被吹断，哪怕时光终将吮尽血肉继而洁净骨骼，在你眼前打着卷的发丝又细又软，就像风中快要枯竭的溪流，对，它竟然还在，从源头而来却无处可奔赴。

05/10/2017

回溯

来得太快的还有什么，睡意、压弯枝条的木芙蓉、与梦魇接壤的远山。我推脱的一切都还在眼前，要感谢路径蜿蜒，蒙尘的镜面收藏着闪电，沉溺于各自悲痛的行人协调彼此的磁极。然而生活，生活需要欺骗如同水中有盐成就了海，我该把海放置在哪里，身后的背囊，胸前的口袋，还是你合拢的手掌。

05/12/2018

Attachment

我又回到了朋友们身边，沿着破晓前的街道，循着因冰冻而变得低沉的湖面声响。我手捧灰白转蓝的百褶裙，当远洋航班闪着灯经过头顶的天空。我想找人说话可朋友们正沉睡，于是转身同展翅的天鹅拥抱并惊诧于彼此的坚硬。屋檐下倒挂着蝙蝠，仿佛成排风铃在我空空的头颅里生锈，刺槐花铺满台阶，原本紧锁的门都已敞开。

09/04/2015

Interdependence

我们全家搬去水边的城市，汇聚鸭青色礼堂为了摘下礼帽唱歌，被摘下的还有袖口已发黑的白银徽章。我们全家唱完歌后循着水声散步，彼此贴近像针线所连接的前襟与后背还有衣领，像成为森林之前的树，不必费心去流水中分辨自身与倒影还有亲人。

01/23/2016

Commiseration

事物的关联令人心碎

无论我们如何地热衷于在碎玻璃上跳舞

总有些门不该被打开

总有些故事刺痛喉咙像烧着烧着

就熄灭了的火

心碎的人并不畏惧人群

如同蠕虫无须回避风干的苹果

而瘦女孩总是挑选最鲜艳的腮红

事物的关联圣诞彩灯般喧闹

可有些陌生人已经死去

还有些身边的秘密被鸟衔走尚未归来

08/10/2016

镜花水月

曾经，我有个形影不离的朋友，某天，我们撞见了一个面朝下趴倒的人，他衣衫单薄，头边的水泥地上堆积着干涸的血迹，我们觉得那是个可耻的死人，于是悄悄地走开，后来，世界果然运转如常，路边的人悄悄地消失了，也许是自己爬起来走了，就像形影不离的朋友都已离开，就像我被砸倒在地又爬起来走了那样。

01/01/2018

Wetware

阉人的歌声是清洗废墟的清澈阳光
盲人的歌声是海洋剔除了海洋生物
聋人与哑巴之间逡巡往复的歌是什么呢
欲望与命运相冲撞的峰面无限地滞留
欲望与命运所碾碎的人们不懈地重生
听不见的与说不出的，都是互相拥抱的

08/07/2017

Leviathan

海豚活在声音里，它们用鼻子唱歌而非呼吸，呼唤各自的名字如同水底飘荡着与靛蓝或墨绿互补的印章。章鱼吃自己的触手，就像现在我学土壤对待积雨那样吞咽回忆，我和我们和更多的河流终将在海里相遇。悲伤的人哭泣起来，没有用处的眼睛比海更深也更辽阔，哪怕海里挤满了海豚的歌、章鱼的嘴和变成珊瑚的骨骼。

01/29/2017

黑色暖泉

那些丝线，银灰、恹红并串着残缺的甲虫，缠绕我们的脚踝和手腕，牵引着必朽者为留下痕迹所做的挣扎。说你爱我或是留恋任何还苟存于世的事物，说你推开窗只为数一数正凋落的郁金香和桃金娘，说你会在天黑前缝缀起溅落满地的水滴。再没有什么，比编织这一丛又一丛的细弱谎言，更令人沉醉却仍旧无济于事。

04/30/2018

第二辑 · 太极生两仪

小畜

永恒的、在指尖上旋转的夏季，一束束阳光所刺探的伞
面，也被一蓬蓬急雨敲打，安娜和诺诺隔着玻璃贴紧手
掌继而全部的彼此，植株细长却并不发狂，马因为梦见
了额头上的角而奔跑，安娜和诺诺睡在巨大的黑洞里，
她们吃完了谷粒和爱欲又把重力咬穿，忽明忽暗的眼睛
看着万物失去形状，融化的雪再不能回到自己，这里炎
热，啊还有，还有更多孩子迷失在途中像蜜蜂腿上沾满
的花粉。

01/25/2017

中孚

我们所披挂的、有重量的美，安娜对诺诺说，最终都会
落下，像整个冬天的雪离开枝头，天鹅绒帷幕宣告剧终，
拓荒者收集行星的碎片酿酒。安娜背着光落下，漆黑空
洞里诺诺升起，她们彼此对视，像没有脸的海藻和没有
根的珊瑚挥舞全身的手，交错的光与尘埃携带着各自湮
没的文明，当倒影与少女在潺潺溪流间道别。

02/12/2017

山雷颐

她用海水染红脚趾上的趾甲，火在壁炉里烧，火在被褥间烧，火本就是夕阳撬不开的海。除了脚指甲她全都是青色的，连同廉价的玻璃瓶，瓷盘上堆积的残缺海螺，与嘴唇彼此粘连的骨笛。宾客满堂，来吧盘旋在风雪中不能降落的信天翁，来吧共享身躯和手脚的双头人，她还没学会祝酒词，她就要召唤繁花将空洞覆盖，点燃谎言在步履间新生。

02/21/2017

离为火

安娜和诺诺是两颗流星的名字，她们穿上裙子就变成了彗星，观星的史官为了追随她们的尾羽，骑着椋鸟飞越比山脉和洋流更遥远的镜面，没有虚像的实体却阻挡了目光，如同火焰舔舐从树枝上倒悬的藤蔓，镜子里没有安娜和诺诺，她们是无解的灾异从未被拘禁或爱恋，她们亲吻时的垂涎腐蚀了漂浮的字迹和空白的纸张，她们沉睡时长出很多很多脸庞，落在指尖和林杪和叛乱者的旌旗上。

02/22/2017

天风 姤

头颈前倾的女王，听得见火焰撕咬手腕和脚踝，白斑翅
和丽彩鸦纷纷躲进窗帘，更远处岩石流泻、云雾凝固而
夜幕震颤如呼吸，她听得见自己的呼吸，她的身躯或疆
域太过辽阔以至世界之外还有寂静，她有时吃抚摸自己
脸颊的寂静，像溺水的雌狮舔水，喉管长成了怒放的槭树，
血管散落做伏地的蔷薇，花园深处的、太强烈以至抹杀
这一切的光，来自搏动的心脏。

02/24/2017

雷风恒

火焰里痉挛发黑的纸片，是我的记忆，我真的什么都记不住，不像这面石壁、这些高耸的树、风云生生灭灭的天幕，它们不会放过我，哪怕我已放了眼、放了手、又放了心，赤条条地睡去，却还是被整个世界记住，像囚徒受困于锁链，锁链原来有无穷多的名字：花朵和杯盏，婴儿的啼哭，还有日落时分密林深处的火光。

03/07/2017

山水蒙

安娜从没去过山那边，翻过山冈她就变成了诺诺，就像是不该相爱的南橘和北枳。悲伤的诺诺还在生长，旱季里灌木和草丛不分彼此，没人相信云雾擦拭地面会留下湖泊，安娜确实会把诺诺忘掉，如同睡着的字迹做了场白茫茫的梦把秘密还给生活，而被遗忘的诺诺丢掉了身体只剩影子，她是被打碎的诺言，和被惊醒的安眠。

03/09/2017

火水未济

为什么是安娜和诺诺，而不是娜娜和妮诺，或是孔雀看守的苹果园和吃蒲公英的蜜獾，抑或是世间最美的倒影和最幸福的尸体，再或是叛乱者在水井旁高歌而炮火飞越雪中羊群，因为安娜说出的话都有形状从矿脉到星系，因为诺诺吃掉的记忆再也不会被反刍，安娜和诺诺是偶然和错误和交织后只能分离的手，她们跳着舞请求彼此原谅。

03/27/2017

地山谦

因为怕冷，安娜和诺诺坐在通向阁楼、并没有铺设地毯的楼梯上，手牵手抖动双肩像夕照里的冠状花序，无声地嘲笑匆匆经过、却并没有闲暇抬头看见她们的人，那些人骑着风还挎着色彩斑斓的褡裢，富有是可以抵抗悲伤的，被看见的安娜和诺诺会手牵手跳下来，像箭矢寻找心脏却止步于盾牌，她们觉得冷，风时时刻刻在雕刻、比盾牌更坚硬的那些人。

04/02/2017

天地否

诺诺又梦见了安娜，梦见就是谁都不想再见到谁，而现实外的现实不会让任何人如愿，诺诺的梦里有太多阁楼，它们悬空不存在却死死套住想要跳舞的脚踝，诺诺有修整牡丹花的剪刀有时也用它解放自己，被剪断的双脚长得很快，诺诺必须跑得比豌豆藤更快才能躲进云霄，但是安娜在那里，安娜的背影上趴着两团黑影它们偶尔看起来也很白。

05/02/2017

泽风大过

她们的罪行无人知晓，她们所受的惩戒是去巨浪滔天的山崖培植草坪，总有鸟群来啄食种籽[1]，还有病害把绿芽染黑，她们藏进长筒靴的珠链用以扼住咽喉，塞满行军包的红白蜡烛能够点燃烽火，她们甚至亲手搭建起塔楼，面对山峦般锋利的海浪，也背靠海浪般悸动的山峦，疲惫的她们一旦抵额入睡，甜蜜而黏稠的世界就此悄然诞生。

11/18/2017

1　此处作者的意象用"种籽"而非"种子"，意在强调。后文出现不再说明。——编注

水天需

想要画鹿，伸手却抱住了石斛，美即错误，无心经营，不可预料，却比成长更难以抵挡，比起衰亡，更飘忽无定的是她们啊，脚趾撩水，垂在身侧的鳍卷起浮冰，分叉的舌尖舔彼此眼帘下的蜜，被刀刃撕裂的肉尚未绽放成伤口，南海啊南海，洋流送来遥远的腐殖质，那里有白夜的坚硬、极光的倒影和她们的倏忽即逝。

12/24/2017

第三辑·永恒冻土

序：抵达之谜

他向南走，跟随染白山川的风雪和展翅滑翔的野鹅，他向南走，剪断长发脱卸盔甲直至身无寸缕赤裸如婴儿，他向南走，在沼泽边缘枕着靛蓝和紫红的兰花睡觉并梦见有人呼唤他醒来，他向南走，破晓前的雷阵雨来去无踪却总能陪他放声痛哭，他向南走，海里有帆船和岛屿和无穷无尽的盐而他终于回想起自己是条河。

06/29/2017

与白熊相依为命的冰河

寒冷地带，居民彼此问候时碰触额头，那里还有只眼睛，只有凑得足够近，多余的眼才能看见融化在全身的悲哀，那并不美好，就像是蓝鲸搁浅，撑满了血管。我曾依赖他的体温存活，他用手掌蒙住我的眼睛连同额头，他说寒冷地带不在海底，与死者也无关，雨水沿着他的轮廓滑落，车轮碾过柔软的枯草，他哭着说：你会离开，去找寻世界背面的南海。

11/14/2015

独自去到南海的冰河

雨水真的很陌生，太响亮，太嘈杂，太像套在我额头上的荆棘花环，蔷薇和刺槐也很陌生，他从没说过，画册里的南海竟是真的，无声飘雪的冰原也会有尽头，凡有生命的都有尽头，就像画册翻过这页还有另一页。雨水停歇了，却仍太过沉重，他的长发应该是暗棕色的，偶尔被云层间跳动的阳光染红，曾经用额头触碰我额头的他说过我会离开，去温暖潮湿、时光流逝的南海。

03/22/2016

倒映着空中岛屿的冰河

我想去温暖的地方，五月或八月都无须躲进壁橱和被褥睡在一起，我想去他画在速写簿上的花圃、面包房、挤满帆船的海港，可他说成年是被祝福和被诅咒之间的滑动门，我每天吞下过量食物，为了让胸腔里的火扩张为了能够挥拳打碎冰墙，可他从未拥抱我，他说孩子坚硬得如同炸弹，而他不知该怎样剪断漫长的导火线。

05/06/2017

化冻后星尘流逝的冰河

他看起来很糟糕，就连睫毛上都挂着霜，被风鼓动的头发像着火的草，短暂的拥抱后，我们把头置放在彼此肩上，练习呼吸或不呼吸。他能看见的世界我看不见，我只能看见他背后的光正用力推开云层，海鸥想要降落却被气流逼迫着飞远，种籽试图上升而土壤仍在攥紧，他早已认输我却不愿放手唯恐早已消散的一切再次崩溃，当他在我耳边轻声叹息请求原谅。

03/26/2016

曙光的宽恕

再没什么可以给你，请你原谅，请你偏离我曾经指出的方向，学鳟鱼遵循河流，像孤雁回归鸟群，跟随临阵脱逃的士兵消失于众生。从未说出口的言语最为悠长，敞开后又关闭的门以绿蔓为眉目，如果你转过身去，背后的碑铭早已刻定如同奔马落入未来，如果你逼近，我是说如果我继续走向你，世间的困顿将更为竭力地呼啸，学沸水喷出白气，像睡眠净化成死，跟随贪婪的徒劳再无形迹，却已得道。

03/24/2017

退场者的牵挂

天气越来越暖和，你却越来越沉默，为什么会这样，我并不想知道。生命中有太多太多单行道和岔路口，玉兰和枝垂樱开得太早于是遭遇了回旋的春雪，冻死的花是攥紧虚空的黑爪，枝条上却已跳跃着太多新芽，那些微小的、青玉色的火山静静地爆发。你不该望向别处，我也不该留心你的心不在焉，春雪很久之前就停了，初发的花和乍降的雪曾同样晶莹，相信我好吗，什么都抓不住的是你，并且只有你。

04/04/2017

旁观者的回望

雨是什么时候停的，你并不知道，疼痛消减，樱桃熟透落地，你循声低头，不去看过路的身影，不想错认湿漉漉的阳光所拍打的肩胛，交谈者的话题离不开尚未发生的灾难，你或许还能清点曾经的错，手持刚剪开的靛青颜料逼近画布，这平衡多危险，阳光亮起的瞬间，呼啸而来的现实新鲜得发涩，擦肩而过的少年奔向他的空白。

06/06/2017

童年的终结

秘密是血管里的毒，胃袋里的碎瓷片，手心和手背同时绽放的烟花，擦肩而过的人已经擦肩而过了，请不要低估我们各自背负的蝴蝶，我们在雨的下方和云的上方同时说，放手吧。有的人因天真而冷冽，有的人因经验而怯懦，我们都懂得火焰燃烧消耗氧气，而呼吸亦然，巨大的玻璃罩叫作命运，看着火焰消逝在你的眼睛里，闭上眼睛的我还记得它初生的模样。

05/05/2017

终：穿过大陆汇入洋流

我的，几乎堪称全部的诗意，都受困于，西伯利亚极光下的，天真与经验。钻石星尘，指涉干净的财富，或高远的念想，都并无区别，因为贫穷的终究匮乏，而我所能想象的爱，夏夜的金盏花那样薄，洪水开闸，薄的瓷胎在星光下历历爆裂，天啊，怎样哭都没有用，生活无须装饰，正如痛苦不会等待糖霜消融。

07/09/2016

第四辑·赛博普罗之歌

十二区

我们歌唱上吊树和被挖空的矿山

他们却岿然不动

哪怕矿脉已挖空像是被抽取了脊柱的龙

他们是生活的底片而我们在过度曝光中劳作

我哭着喊痛你也翻不过街巷里的战壕

我们试过劳动号子和炸药

也曾为废墟里幸存的瓷器命名

但最薄的还是命

降落伞般无声绽放的命运承认树也能悬挂半空

而倒吊的人即便已死又怎样

来吧来我这棵上吊树拖着你生锈的锁链

10/12/2016

持久战与海芙蓉

每次只能完成一项任务，他必须做出选择，变成自己曾经厌恶的自己，或是学会蹲在星空下吸烟。战争爆发时采集苹果的人用苹果投掷敌机，类似火焰的东西总会熄灭，因为氧气有限而胸腔里疼痛像浮冰封闭了海面。他试图呼喊，刚渡过变声期的嗓音信号弹般孤单，太多星星扰乱了夜幕，那是死者的足迹他追赶不上。

07/31/2015

约拿与病孩子逃出乌托邦

骑脚踏车逃跑最为糟糕，就好比旋转地球仪推动旅行，
但他还是这么做了，趁着微风尚未膨胀成暴雨，树叶即
将燃烧却仍保持着青葱，他往车筐里塞满粉色秋葵，是
的它们常年开放，硕大而鲜嫩如同这个时代疯狂的头脑，
他拼命地踩脚踏板，后座更年幼的孩子紧搂着他的腰，
他们以同样的节奏哭泣并畏惧前途。

09/17/2015

备忘录与红罂粟

日冕抵达行星，卷起飓风，夏日暴雨的味道，新鲜却腥臭，类似于血，或少年难以维持原状的躯体，救世军的日历可松可紧，这取决于被埋葬的能否发芽，而飞越群山的是太阳或时间胶囊，他们给我铲子去花园里松土，红杉树丛也许藏着宝藏入口，世界即将毁灭但这无关紧要，此时此地的温暖像口腔，包裹着等待吞咽的食物。

11/21/2017

空想社会主义

下雨天的美好，在于穿脏球鞋和破洞裤子，拉起连帽衫的帽子遮头，举着空白的标语牌奔跑继而摔倒。下雨天的狗，无论是否拴着绳都并不在唱歌，而是哭嚎。摩天轮上，陌生人趁车厢交错的瞬间交换密码，但失望，失望才是雨点的节奏。我们终于可以席地而坐，湿漉漉地争论革命的不可持续，债务的锁链如何打造灵魂，或是仅用呼吸就能向未来透支的止痛剂含量。

08/22/2016

成长小说都是悲剧

如果时间并非来自过去、途经现在、并流向未来，它也许本是巨大的舞台让过去现在未来的人与物与事直面彼此，我也许早该在变化和命定之间做出正确的抉择，扇面与卷轴，鳗鱼和水母，提线傀儡也许本就是吐丝的妖魔，被丝线所牵引的施动者和被动者滑行在镜面两端，我的悲哀被银色裁纸刀切成两半，悄然地分给变化和命定。

09/24/2016

大瘟疫

肩膀记得头颅的重量

就像是空水池怀念喷泉

废弃的房间里，浴缸承载了

灰尘与灰尘的结伴安眠

挂黑帆和白帆的船只早已远离

哪艘去了哪里全然无关紧要

它们伸出细爪抓着洪水漫下层层楼梯

警觉如鼠群而疯狂得仍然如鼠群

对啊，我们都谈了什么呀

我们只是忘掉了碰触额头后

把彼此的头颅留在了哪里而已

08/14/2016

生命政治

是否存在更好的世界

玩具士兵背后的发条开始转动

镇静剂融化于吞噬落叶的火焰

更好的世界是否创造了全新的语言

尝试喉舌所未曾经历的摩擦

还能触摸变幻的身体和群集

那里重力轻薄，易于缠绵和撕裂

活物死得迅猛而死者永动机般不停息

瘟疫艳丽如暴动，就是秩序本身

09/01/2016

晕眩症

世界开始旋转，顺时针或逆时针取决于风经过蒲公英时阳光轻触瓢虫的重量，花园里有人说：你去过哪里，你还要去哪里，世界旋转不休你总要回到这里，看啊，你的左肋被海星和山魈吮尽了血肉，再把右脸伸过来，断在眼眶里的箭镞迸发出百合花，世界开始旋转，精疲力竭的你并没有在奔跑当或远或近的人因此更远或更近。

04/27/2018

Lollipop & Jellyfish

逃难的人在溪流边洗他幼小的手指
逃难的人在河湾处洗他杂乱的胡须
用尽一生逃难的人来到海滩
冲向铅灰色的海与天空呼告 ——
如果我归来，请接纳我如同水吞没尘垢
然而，水舔过手指扳动的铁
也舔过胡须间时隐时现的火
世间唯一的水尝过苦并发皱如同逃难人的脸 ——
请你离开，把你的死从我的清洁上拿开

08/11/2016

Intimacies of Four Continents

雨天适宜做面包

为什么呢，我是只猴子我怎么知道

雷阵雨一层层地撕扯自己的耐心

天空时而很黑时而慌忙闪起光

总也不停总也不停的雨滴推搡着

绿得就要转红的阔叶林

就好像是我，把手揉进手正揉着的面团

为了不再抓到虚空里的刀

还有谁相信，把棕榈移植到寒带

就能够令死者看起来死于命运

而非威权所行使的愚蠢

如果离开这个夏天，猴子也是会冻死的

我审查看以错位为命运的游戏

和愚蠢所能滋生的威权

被困在烤箱和雨天之间的我

琢磨着杏仁的苦、肉桂的辣和眼泪的咸

当面包在烤箱里膨胀

而雨天的晚餐啊，在密林深处发霉

佩戴猴子面具的宾客永远都不会到达

08/18/2016

我们每天死去一点，而人民，人民将永存

街道越来越窄，光线青灰，充满可触摸的微粒，我知道
没有出路却不能愤怒，不能踢翻街边的首饰摊，不能弯
腰拆卸消防龙头或是挥舞铜环砸烂广告牌，不能对朋友
坚持诚实哪怕她们只是青灰光线里互相取消的幻影，世
界尽头从来都不是选择题，唯一的选项推动了命运之轮，
错误繁衍，愚蠢疆域辽阔与更愚蠢的我为敌。

09/15/2016

The Weight of All Flesh

那些喝醉了睡在街边的人，只有在醒来后，才会诅咒夜与急雨，如果他们能够醒来，而不是被赤底黑边的落叶掩埋，或是趴在叶片上远游去蓝色矢车菊的国度，他们终日劳作，制造从水中拦截砂从砂中提炼金的筛子，依赖日落后的酒精维持生存必需的热量，冷与黑暗与潮湿镌刻沉睡中的身体，他们是被金抛弃的砂被砂遗忘的水。

10/29/2017

Dark Populism

我什么都不知道,能看见的世界已经被我污染,我就是我,这世界里所处的位置、这位置所建造的世界。善良的恶行,丑陋的美德,树林里没有树更没有鸟,死孩子都在风里跳着舞,大声喊叫什么都不能改变,列车经过荒野又经过阁楼,灯光亮了又暗,阳光暗了又亮最终会在世界的某处角落彻底暗去,这,我向来都知道。

01/21/2017

The Anomie of the Earth

没有明天了，透过雕花玻璃的阳光，追逐着凭空游曳的鱼鳍，撑满了伤心的肺，就像是无尽的窄街盘旋，没有人说话，没有人的眼睛里不会落下结晶的盐，愤怒者转过脸，照亮裂缝的光也照亮缝合断肢的手，凭空捏造灾难的手正凭空取消自己，海蛇、白鲸和鳄鱼为了共同的头颅相聚，不合拍的心脏都是不能对视的人，在没有尽头的此刻。

01/22/2017

黝帘石

"听我说话的人都被抓走了。"他低头瘫坐在窗前，"别往外看，悬挂五彩旗的幽灵船就要回来了，骑着巨浪回来，比象群头顶盘旋的蚂蟥更为暴躁，如果未曾撞碎于山崖并继续飞到这里，幽灵们就要从桅杆上抛掷钩镰猎取人牲。"他给我看脸颊上的伤疤并试图抓我的手臂，当我眼中的他和房屋继而是陆地急剧缩小。

04/10/2016

冥王星

鸟啄伤了天空的脸，火星和雪片飞溅却不能使你醒来，这里危险，猿猴竖起耳尖，新生儿在北极光下吞食火山岩并疾速衰老，谁能够占有时间，谁又能失去倒影中的颠倒，当金鱼还是野生的，玻璃缸的透明就是水的清澈，当海豚还在陆地上爬行，汪洋里尚未游弋着半梦半醒，是的，我们也无须浮出水面呼吸，沉睡和死之间隔着雪中燃烧的火，直到天空与海重叠，捕鸟的蛇咬住了猎猎作响的蛇尾。

02/04/2017

傀儡戏

我是一个骑蜘蛛的人

骑巨大的、飞行的、炫耀着空中飞瀑般长绒的、蜘蛛

雨季的河流着流着就在山峦折断的地方改变航向

我们向下冲，最深的沟壑才是星云诞生地

赶在消失之前，我驾驭此生的毒害

它有八只眼、八条腿，从腹中扯出绵延的弦线和回旋的

时间

09/03/2016

人类纪

悲伤消耗太多体力

必须坚持静止才能对抗世界

若无从行进，则逆风伫立并吞咽断齿

无法上升，那就在旋涡边缘安眠

悲伤溶解时光和空旷

消耗太多体力的人向镜子那面的非人流淌

人与非人共同的流泪太过轻易

被世界的运动所牵引

冰川正位移，恒星正崩塌

想象出自己的想象忽然被自己的不存在所刺痛

09/07/2016

寒武爆发

醒来，快醒来，原谅我不能大声呼喊，我的喉管被雾气所堵塞，我在玻璃般冰冷的地表爬行像断了腿的蜥蜴，去年这时你活在自我惩罚的沉默里，前年你从海底带回巨人的腿骨，更早的事我记不清了，我循着火焰找到煤炭却不再记得阔叶林脚下的铁线蕨，如果是你在沉睡，那么醒来吧，成为撕裂地表的裂痕，吞噬我如同旋涡挽留船。

05/02/2018

落下来，升上去

离海已经够远了，我蹲下身，背上的影子一根根竖着像标枪，痛却不能去拔，每次伸手都能抓到前世，它们凭空闪现就像被召唤，曾有一个我是海星是五角形的嘴在吞并吐，还有一个我是海鳗在发电是撕裂始与终的眼，后来又有一个我是蜷曲的耳是封锁动且静的海螺，我所不喜欢的我，是海藻深处是生的粘腻和死的腥臭首尾轮转。

01/15/2017

所见实非实，所言虚中虚

谁都看不见黑暗，存在背面的荒谬，墙外因变形而无形的沙丘。告诉我，闭上眼睛都看见了什么，权当那些擦痕和斑点和忽远忽近的脸，是舌头卷起的鱼钩，然而并没有鱼。看见和说出是两扇彼此陌生的门，明暗流转改变不了每粒沙的困苦，黑暗中的脸像铃铛，唉，这些微小的至高奇迹，打破着安静并停止着摇晃。

01/13/2017

第五辑·春秋繁露

立秋

起风时，若非枯黄的飞蛾被卷进草丛，草就不会枯黄，若非我正在漆黑的河流里游泳，水就不会成为记忆中的波澜。

又起风了，秋天正无穷无尽地过路，敲打窗框，用它钻进屋里的头咀嚼纱布和蕾丝，用它带蹼的手指濡湿书页上被囚禁的人与事。

起风的秋天，越是凉薄就越是柔顺，它会在离开前为马披上毛毡，为收割机熄灭嗡嗡作响的引擎，为我啊，完成与这世界告别的心愿。

09/05/2015

旁观者

我经过长满褐色狗尾草的山坡

看见了身披灰黑斑点的白马正起跑

我经过池塘边古老的水杉和银杏

看见了覆盖水面的绿藻

而这厚毯就要被秋风收走

我经过浅紫的雏菊和暗橙的凌霄

看见了干枯后仍挺立的冠状花序

却不知道它的名字

我经过亮灯的人家和闪着微光隐入黑暗

的溪流，我想我什么都不曾看见

09/07/2015

白露

查看松针时，发现了枝头的透明松脂，我的衰老还不足以等待树苗成熟，技艺更不足以维持兰花盛开，拥挤所产生的热量也许比阳光更值得依赖，所以我们需要绣花床单、雕花吊灯和墙纸上专事侵略的紫金蔷薇，寒冷或刺，我的选择与众不同，虽然我的年轻还不足以攀登通天窄梯，禀赋更不足以吹散泪滴如树梢新雪。

09/08/2015

忘情

树静静地投下它的影子

阴天淡，晴天浓

秋天的树影是彩色的

有橘黄，有灰褐

当落叶渐渐铺满山坡

我的影子应该也可以被捡起

细微的，蜷缩的，松脆的

那么多碎片互不相识

当我路过山坡，当我成为河流

11/04/2015

幻听者的谎言

午后又下雪了，妖怪喜欢雪天，人和物都变得迟疑像是漂浮于太虚，嗅觉断了线，果盘里陈列着心肝肺腑，据说它们呼应日月星辰，可雪天里除了黑乌鸦什么都看不见，除非雪只是那层蒙眼的白丝缎，妖怪有时会溜进生火的屋子，它们很安静，它们从脚趾开始吃掉自己再凭空呕吐出全身和更多，它们只想讨好你。

02/10/2016

说谎人畏惧春天

如果不赶紧攀爬台阶，门里盛开的风信子就凋谢了，巨大的门槛就会消失，酸痛的脚下也不再有山，就好像头顶的密云不停息地变幻阵列，远方的海浪从不重复彼此的模样，而世间的忧愁啊，哪怕拾阶而上又怎样，不停息而又不重复的人们啊，尚未懂得忧愁的大同。

02/12/2016

雪是谁说的谎

接受现实，像山谷收容雪，巨大的雪其实很重，接受现实需要巨大的力气，改变虚构的力气，万事万物都是以此事此物为核心的世界的核心，事物与自身相距最远，虚构是一场流动的镜面，改变虚构，像山谷时而烟绿时而雪青。

02/14/2016

彩排

墨绿的裙子，悬挂在树丛间，被雨水洗刷着，慢慢地、慢慢地褪了色，看起来很疲惫，抵挡不住正在舒展的灰白斑点，越来越薄的裙子像灯笼的瞬间并不多，灯笼当然也并不是能把光锁住的笼子，姑娘们从树下经过，手腕上缠绕着枯竭的蔷薇和刺槐花，被称呼为回忆之前，她们是与光肩并肩地消失的时光。

02/19/2016

花开时的生太过接近死

下雨是因为地渴了所以，打翻水杯的我，想必感应到了地板的寂寞，走出屋子，看着雨水里雪消失了，枯黄的草地变得柔软，脚踏泥泞的人身形艰难，春天迎面而来太过庞大太大了我真心害怕，回到屋子缩进乌龟被水濡湿的胸腔，胸怀在外，粉红的春花还没开，花开时的生太过接近死。

02/23/2016

速写 I

风声如此之大，我们却还是什么都听不懂
风所大声倾诉的，已经被风卷去了没人曾到过的地方

02/25/2016

速写 II

接缝处脱了线
在雨天漏着雨的伞

波段调准前
琴声和杂音互相试探的收音机

咬着即将被说出的话
因疲惫而放软身体
春风中新蕾般孤零零的人

03/11/2016

初春雷雨后

草坪变成了海与岛

沿着路面走

踩着镜子和镜子里的星空

看啊，有些星星不见了

有些星星又回来了

死去的人还在海上航行

少女们挽起被雨打湿的长发

她们的肩胛骨

就要变成蝴蝶飞走了

03/15/2016

清明

蘑菇是种美好的生物，它吃屎，吃尸骸，吃漫长冬季里凛冽的光和黑暗中的不耐烦。它喝自己，喝醉了就手舞足蹈，从土层下面钻到上面，像一群撑开自己躲在自己身下从此不认得自己的鬼。林间空地上长满了美好的蘑菇，那是永远年轻的祖先回来探望正在老去的孩童。

03/19/2016

该流逝的都流逝

今天是个悲伤的日子，各处的樱花都在盛开，粉白的、鹅黄的、和绯红的，今天风很大，但风里只有零星的花瓣飞过，几乎可以被忽略。今天距离明天有多远？盛开的日子即将过去，立足于悬崖前的晕眩比悲伤更悲伤，绯红的、鹅黄的、和粉白的，我所不愿回忆的一切沉睡在黑暗中，风再大都无从撼动。

03/26/2016

花的围剿

涟漪中心的嘴，是鱼的浮现并且不会再现，是密室关闭后阔叶植物还在我们的头颅里滴着水。填满白墙的百合和虎莲都是我们用肩胛涂抹的，花吞咽了鸟的骷髅像首饰盒装殓少女的指骨，我们却再也回不去了。鱼已回去更大的鱼腹并溅起细沙，被驱逐的我们沿着封锁线奔跑，无暇观望头顶的星群和星群所牵引的花的围剿。

03/28/2016

In My Beginning Is My End

夏天的草长得真快啊

原本匍匐在地的高过了膝盖

原本缠绕枝头的垂到了眼前

雨中溪流也在膨胀

酒后失语的人坚持不懈地吹着气球

劫后余生的人渴望世界消失死者不再疼痛

于是夏天说我原本就是场虚妄啊

看这些细长的心状的锯齿边的草成灰

看这些就要滴完蜜的金银花

和终将被雪珠覆盖的雪珠花

06/06/2016

庙祝

遥远的雷声听着像放屁，他经过饲料槽前涌动的牛犊，
去捡草地上散落的碎玻璃，牛耳朵上的塑料夹子还是崭
新的，他也曾拿来夹自己的耳朵，但是疼，砸在身上的
雨滴变成了冰雹，道路消失于草长过膝的山坡，把房子
建在山顶的人该有多愚蠢，祭祀和生活怎能混为一谈，
他回到家，却只能梳理穿衣镜里雷电的枝蔓。

06/10/2018

Summer & Siberia

鱼缸底部的生活，被街道两侧的连荫和浮石般晶莹的楼所困扰，并没有前方，店铺和行人蔓延到路心，地狱拥挤而寂静，这归咎于空气中糖霜的沉降，相信我，你所能看见的其实早已消逝，你自以为亲手扼杀的，正在眼帘后曳尾，那是雨中离枝的红白木槿，和沸腾深处的凉。

07/08/2016

八月的光就要暗了

夏日将尽，虫子们叫得愈发大声，这喧嚣的虫鸣害人急于死去。流云总是流云因为它本无形状，海浪无尽地归来无论是否有人在岩石上标刻印记。我用银盘展示的喉管已不会唱歌，正如你若死去就不再有你遮挡我头顶的雨。水杉并不是蕨类植物，穿透海洋照耀水底的月亮也梦不见水星，你的手臂正在冷却而我正下沉。

08/17/2016

每次睡去都离死亡更近一步

飘荡在旷野，我听着风穿过各种质地的草木，秋天尚未
展开，旺盛的汁液还没从各种形状的杯盏里流泻，我把
剪刀送给从高处回来的他，他走来走去剪掉鸟的叫声，
又剪掉了聚集到我眼里的光线，我牵着他的手，把自己
剪成孤单的头颅、贪婪的手臂、不停息的腿脚、和盛满
绿色粪便的躯干，他哭着说爱谁并恨谁我什么都听不见。

08/27/2016

生命微小，死亡浩大

黄昏的光线消失之前

我已耗尽力气

被耗尽的还有每天的面包

苹果汁和肉桂粉

拥抱邻人宠物的次数

和栅栏这边所能焚烧的落叶数目

每日的定量因意义而美丽

如同黑面包不是白牛奶

耗尽的力气不能转化成

光线消失时玻璃杯壁上滑落的水珠

我曾耗尽力气去爱

于是白昼放弃了

它谨小慎微的美沉入黑暗

10/09/2016

秋深草木沉

我在草地上，躺了很久

久到梦见自己是棵草

活着的草挺直身子绿得发亮

死掉的草学人躺倒，并慢慢发灰

灰而干脆的草茎像我这样散落于绿油油的草地

秋天里蔓延的死灰细微，如被撕碎的烟雾

秋天的风把无根枯草吹成圆球

滚进我用来做梦的嘴

我有时悬挂枝头，鲜艳而有毒如浆果

有时坠落，砸晕路人固执如坚果

10/14/2016

幽灵的明彻

我躺在水边草坡上
头顶矮矮的树梢，望见了高高的树冠
远远近近的叶子，感谢风和夕阳
都变成了蔚蓝天幕上战栗着的金黄光斑
我想要抹掉这棵树
只留下高高低低的叶子奇迹般漂浮
接着我要抹掉自己，让画幅沉入黑暗
只有，在人都死光了的世界
悬空跳舞的叶子才能忽而苍绿忽而嫣红
闪耀只属于它们自己的光

10/19/2016

祛魅

山坡上铺陈着落叶

山坡上就要积满新雪

就要也许很漫长

长到可以想得明白

人的骨架很明白

树的枝条很明白

鸟的飞行和消失也很明白

雪掩埋了落叶

就像是无奈抚慰着溃败

12/09/2016

Endless Ending

夏天总是这么冷吗,是啊,必须用锤子砸开冰块释放自己,余晖将尽, 踱步街头时不要偷望橱窗里的众生, 心底的喷泉不能因悲哀而再次陷入沉寂, 时间是直线是热量的归零, 我们却自作聪明地游离并回旋, 直到一败涂地, 曾经与曾经的生活与曾经生活过的地方都已分离, 即便在同一阵风里, 尘埃的轨迹也从不重合纷纷远去。

08/05/2017

逍遥游

野马，野马，夜色蔓延前带我们去彤云背面的乌有乡，快跑，快跑，用枕头或铜墙蒙着脸痛哭并不能抵挡瓦解现实的细水，这些年来，三角铁是瘸腿的鸟盘旋着不能落地，六弦琴在聚聚散散的人手间沉浮，我们对镜演练彼此欺骗，累了就肩并肩坐着吸同一根烟唱同一首歌，野马啊野马，快跑啊快跑，我们因忧伤而发麻的屁股啊，曾经把这里坐热。

08/09/2017

驱魔

印第安人不在这里驻扎，他们说身子残破的恶灵没法离开山谷，这里的草地冷而潮湿如失血的皮肤、槭树和枫树弯着腰任背鬃发烧，高耸的银杏披散发辫由金黄变得银白，这里所剩无几的热力还在蒸腾，熄火后的汤锅还在喷射形体消解所释放的微粒，我们就要去山巅熏染树梢和月轮，我们终将跨上流星离开获得解放。

10/10/2017

第六辑·去人欲，存天理

相对论

黑脚羊在山坡上吃草

红眼雀在电线上列队

白云在天上飘浮

我若走近，受威胁的羊会跺脚

我若呼唤，被惊吓的雀便起飞

我若追逐，天上的云总是看似不动却离得更远

我正老去，耗尽气力的过程就是这般简单

这般简单而毫不费力

12/14/2015

山的那边

太阳照着的屁股开始恢复知觉，太阳照着的松林抖落了
积雪回归墨绿，紧绷的山坡正在舒展筋骨，它就要咳出
乌云般的蚂蚁，接着吐出洞穴里的棕熊，蚂蚁搬走去年
的鸟粪和骸骨，棕熊翻检碎石寻找新苔，但此刻它们还
在沉睡，它们梦见我撅着屁股穿过松林去山的那边，天
气转暖，山的那边却阴沉峭冷永远都不会改变。

01/23/2018

Beyond Correlationalism

什么都不曾发生，什么都不再发生，这就是妄想和祈愿的分别，空白也有它的节奏吗，或者气味，或者光泽，也许空白本就不该有名字，我们所妄想或祈愿的只是与事物并无关联的词语，被困在这里，又像是那里，海是燃烧的盐，耗尽力气搞砸一切的人背靠防风堤用酒瓶装雨，错得太多，我们不得不承担更多像巨人背负起自己所不能涉足的大陆。

07/15/2017

归根曰静

清亮而尖锐的声音令人头痛，我只喜欢低沉的震动和趋向平静的过程，像是有人趴在耳边呼吸，念叨有毒却全无意义的名字，像是溪流刚刚遮没鹅卵石，流光因易逝而已逝，像是离家的黑狗瘸着腿前行，它走过的路从此成为，还会有谁再来走过其实无关紧要的路。

01/10/2016

克己复礼

慢慢、慢慢地刷牙

在入睡前摆脱路上尘土

在醒来后割舍梦中苦味

慢慢、慢慢地刷牙

庆幸被倾吐的白沫来去自如

感谢浴室里被注视并回望的镜子

慢慢、慢慢地刷牙

水仍旧从龙头里流出

电仍旧在灯泡里闪亮

我还活着，在我的身体里保持坚硬

慢慢、慢慢地被洗刷

10/16/2015

渡河

我住在河的这边，我骑脚踏车过桥去那边
我住在很多河的这边，我骑脚踏车过很多桥去那边
有时候我忘了那边是哪边
下雪天我害怕过桥，我扛着脚踏车而不是骑着它过桥
我很害怕狗突然叫或是我突然哭起来
我不害怕河的那边，因为那边和这边好像并无区别
生在这边死了去那边，河总在流淌而桥总是很长

10/22/2015

世道

瘟疫爆发时身怀异数的人
沿着河岸抬船奔走的人
围坐矮脚桌拿烧酒浇头的人
夜半惊醒嘴里发甜发臭的人
用玻璃尖清扫空房间的人
因其存在，所以都消逝了

01/30/2016

无用

有时我长出翅膀用以飞行并藉由飞行成为鸟

有时感受到肋下的鳃当我是在水底呼吸的鱼

我的身体是我与自己唯一的通道

而世界在秩序之外扰乱我

芦苇长出巨大的耳朵听见飘荡于星群的细语

山脉的无数眼睛凝视着眼睛里的瞳孔由绿变红

我摆脱不了的悲哀源自身上被撕裂的缺口

无形却有迹的世界注入我，如美凝固于流逝

10/08/2016

偶性

事故没有实质

抑或，事故多了就不再有实质

幻觉般的实质何尝不是我们的悲伤

雨林之上阳光推动生长仿佛裹挟万物的巨浪

但阳光转暗更不可抗拒

我们因疲惫而闭目、重云疾速累积

或是太阳耗尽了它的命数

我们之所以成为我们无非事故

你在鱼鳍闪光里的闪现和身为水底阴影的我

互为表里而表里之间并无实物

09/08/2016

A Priori

覆水难收，时间却并不是覆水；草木在枯荣间轮转，时间也并不是枯荣。时间不懂什么是方向，它没有身体更不会疼痛；时间不区别自我与其他，也不虚构永恒做自己的倒影。如果时间能看见，它的世界想必是无数分崩离析的镜面；如果时间能听见，那世界上的哭声太过喧嚣以至沉寂。如果时间存在，那它的名字叫作，我向往和畏惧的一切与拒绝我的现实之间的距离。

02/11/2017

A Posteriori

从高耸的阁楼上望见我的耻辱，喷泉水池里的历历硬币
舒展着绿藻触须，跟我说这里已经安全，跟我说，崩溃
是种特权只有不再爱的人才敢于直视镜子，望见遥远的
自己像擅自离开装甲车的士兵，躲避了火焰却在目光和
唾液的半径里赤裸裸地分裂成花瓣，花的宿命是撑满自
己为了完整地凋落，不必说我曾在地窖里沉睡了多久，
忍耐总有回报，虽然这条街上的楼哪栋都不曾萌发自落
入沃土的种籽。

04/25/2017

为物也则混成

我喜欢鱼，鱼不是恒温动物，变幻无常的鱼体会不到悲哀，摇曳的鱼鳍和鱼尾施力于不同空间，不说话的鱼其实也看不见或听不见，溪水里的鱼在人的双腿间游弋，海水里的鱼咬断人的双腿如果他下潜得足够凶狠，下潜的人偶尔会成为鱼，成为就是入睡当寒冷和炎热之间的隔板被抽离，鱼就是被抽离的隔板无家可归。

12/05/2017

来吧，诸神都在

我们每个人都是杯子，曾经盛满神，盛满注定损耗的馈赠，力气用光了还能再填补，杯子本就是空的否则怎能盛水，看啊我们争先恐后地泼水并欢笑，力气是花草树木的兄弟，遵守来来回回的盟誓，直到该缺席的缺了席，如果去到足够遥远的地方，这里的一切都是那么井然有序，还能怎样，做精明的人吧，抱着杯子痛哭后就消失吧。

12/06/2017

天命与人事

每个人的身外，都还有一圈流动的物质
我的外面套着一个更大的我
其实你也躲在一个更大的你里头

更大的我和你，玻璃般透明却又金属般沉重
每个人都跳不出更大的疏而不漏的自己
更小的无处可逃的自己是果实的坚硬心脏

有的心很悲伤，因为遥远的总是遥远
有的心很匆忙，因为能生长的还在生长

03/04/2016

无中生有

他记得松脂燃烧噼啪作响，困兽从密林进入亮光时瞳孔变成直线，码头上历历铁锚展示着不重样的海藻，他却回想不起自己去过哪里、做了些什么、遇见的都是怎样的人和物，他每时每刻都在回想，可生命里的空洞寸步不离地跟随他，默默地涨大，像是有东西想要从里往外撑裂他所经历继而遗失的，想要代替他活下去。

12/11/2017

The Pantheism Debate

为了克服恐惧，我不再把生命看作巨大的空洞，空洞不可能被填满，而遮蔽同时又是彰显，缺乏妄想能力的我因此陷入绝望，渐渐地，体力的流逝提醒我自己正在成为漏洞，生命是打破完美的漏洞，这无底的漏洞通向无限，如果能将它举在眼前，可以看见死亡、虚无甚至光明，它们都只是流逝或回旋的过程而非终结。

11/08/2017

月涌大江流

双臂合拢时，每个人所能抱紧的他人或自身

都不过是被时光流逝而不停歇

所打磨成人形的，悲哀而已

所以人之相爱，哪怕只是怜悯自己

都出于，因所得有限而渴求更多的贪婪

但还有高塔或松林般的死者，环绕着环绕悲哀的我们

而更遥远的月亮，虽有银丝万丈却愤怒着越来越亮

12/19/2015

大潘还活着

如果世事流转是河流，我们傍河而居溺水寻欢
那海洋呢，事物来去的总和，消融汇成的无垠
而海岸呢，神祇捧起世界的黄金手臂吗
还有什么做根基，蔷薇花下的莹洁啊
是少女彼此挽扶的手臂，浮现着生灭所不能融化的浮冰

12/20/2015

草色青青若有心

牵牛花藤遮没了巷口

急雨后

井水尚未恢复清澈

睡在躺椅上的小女孩

因哭泣而面容凶狠

她恨着谁

在翻身的瞬间从黑发间闪现

她那半透明的耳垂

01/15/2016

耳垂透亮的女孩所梦见的

夕阳西斜，照亮了光秃秃的树枝，各种各样的树的，努力吐芽的枝，繁复而干练，像是疯子的神经早已失控却还压制着狂想，西斜的夕阳在草地上打滚，这里亮那里暗的起伏，像是悲伤者正铺陈自己的胸膛，草色青青，看起来即便没人来看也会有心，心在土的深处躲避夕阳和朝阳，并缓慢地移动像少女望见死的眼睛。

03/31/2016

可得不生不灭否

绝大部分的人生都耗费于沮丧，原来世间故事翻来覆去全然多余，遍山绿叶最鲜嫩时春已迟暮，落入身躯的并非灵魂而是血液干涸后的黑灰。寄身只为求生，这已耗尽我全部的力气，仿佛穿透垂直变迁的岩层掘井，只求水面映出群星，可井水的疼痛直达地心，地球本只是天上一颗星，天上星无异于我逃不脱的眼中钉。

04/30/2016

我想去绝对安静的地方

没有风，比如外太空，我的存在也许并非污染，可为什么雪是纯粹的，阳光里悬浮的灰尘也很干净，努力挫着自己骨头的我却进入不了时间的环流。我想去绝对安静的地方，关门，熄灯，沉睡的身体里，植物生长无需方向，死亡接近也无从置喙。

03/07/2016

望乡

迎着雨点烟，爬街道拐角处的石阶

咬钩的鱼那样激烈地喘息

却还是距离氧气太远

陌生的鳞片集散地或断头洋甘菊的河流

截断了我与我所能吞吐的火焰

雨滴卷携着消息，飘落在我唇上

那是来自遥远星辰的微粒

我消失后要去的地方捎来的问候

12/05/2016

蝉蜕

我急于离开，我已经打探了码头、车站和机场的方向，
这里，河边的宴席绵延，荤腥是冷的而排泄物上飘落着
火红的夹竹桃，如果我扛着你躲进矮墙后的院落，相信我，
我脱光衣裳只因它们浸染了这里的声色和气息，你听见
邻人正争吵而热锅里的油正沸腾，你听不见的哭声是我
看不见的蠕虫，它们吃掉我并急于离开。

03/29/2017

羽化

把全世界的雨收集起来，织条灰白的长裙给她穿，仍在收缩的腰带名叫闪电，她被勒得难以呼吸，青蛙般鼓起双眼还口吐繁花，她吐完了碧波上的虹桥再吐云层间的飞檐，若隐若现的倒刺长在她的指尖那是心尖的倒影。

04/26/2016

雨声渐悄，她离开了伞⋯⋯

漫长的告别也许就要终结，也许早已过去，听啊，拍打着帆布伞面的雨点像许多人的名字，良与恶，远或近，慢慢地都寂静了。该还的债都还了吧，新鲜的孽别再去造，看啊，头顶的天空也许并不比伞面宽广，但天外的天外都飘摇着怎样的花蕊和鸟翼，还记得吗⋯⋯

03/30/2017

翻云覆雨

当我直视这世界，它就变得灰暗，我只能挪开身子，让未经遮挡的光擦亮湖泊、点燃蓓蕾、拉长奔跑中的动物的头颈，我想要去下面，大陆架和海平面撞击彼此的地方，坠落中，无数的我急于与无数的我告别继而消失，曾经有多轻的就能有多重，此刻的喧嚣翻转过去就是沉寂，我不与人交谈并只在想象中旅行，我总是尚未远离就已归来，回到这天地之间的徒有形迹。

01/24/2018

花的解放

花园的出现，在于被看见
想在哪儿开就在哪儿开的
不是花，而是，花开了
然后才指着哪儿，再想起了哪儿

关闭栅栏时，要记得放猫进来
为了和人一同生活
生活的另一面有巨大的老虎
它经过的地方，花都得到了解放

01/04/2016

第七辑 · 思辨实在论 I

快乐王子

当雨水充盈土壤而蚯蚓纷纷逃向水泥路面被车轮碾碎，我安于沉默，我仍然完整并且巨大。当婴儿在世界的每个角落不停息地脱离母体去寻求不可能的冒险，我安于沉默，我早已耗尽力气陷入衰亡。当记忆被刷墙的白漆封锁在墙的肋骨上连同迷路的灯蛾，我还是安于沉默，我的绝望是毛毯堆就的洞穴、黑暗酿成的糖。

04/21/2018

文王拘而演

我遇见了你们，头上套着玻璃缸的你们，在密闭的水体里做被放大的表情，笑容模糊，悲伤抽搐，说出口的话语在头颅近郊浮游像一群群闪光的水母。我遇见了你们，头上套着玻璃缸的鹿，从远山来到荒废的后院，清晨露浓雾又重，你们看起来就像是一群群长出鹿角的玻璃缸悬着空。我遇见了你们，我正在数绳子上的结。

10/26/2017

孔雀开屏

别同任何人打招呼，他们会慢慢地把头转过来，慢慢地把眼睛转向你，但他们的身子还在前进，心神可能在更远的地方，他们只是撕下一小层自己，像撕下墙上正在剥落的漆、被匆匆贴上的纸、闷热天气里囤积的水滴，他们把这层自己送给你，你去到哪里都要拖着庞大的动物园和马戏团，哪怕做全世界的狱卒很美丽。

06/03/2017

飞屋环游记

你们谁都不知道，房子也是活生生的，你们醒着的时候房子就睡觉，你们要是睡了，房子就会悄悄活过来，伸展开藏在屋檐下的翅膀和掖进墙壁里的背鳍，飘浮在被感知的世界之外，像一群越飞越高的风筝或是一缸没有缸的巨大金鱼，所以人哪里做过什么梦啊，所谓的梦只是房子带你们去过再等你们慢慢忘记的地方。

02/17/2016

余者损

为了不让那些手伸进铁条之间的空隙，我们修栅栏把空地团团围住，在铁条之间竖起与之平行的钢丝，向钢丝之间浇灌半生不熟的石灰，我们索性把那么多挣扎的手都铸成模子，它们想要抓到的是什么，我们不愿放弃的又是什么，这里的完满为栅栏所不能切割，这里的空旷震耳欲聋，这里藏着万物膨胀后的归零。

03/16/2017

不温不凉，不宫不商

年轻人睡在峡谷的另一头

日出时来搭乘横亘在山峰间的摩天轮

他们安静地列队等待，吹气惊扰彼此肩头的晨曦

他们赤身裸体爬上一排排座椅，随摩天轮的旋转升上碧空

他们赶在下降前向仙人挥手致意

峡谷的这一头是大家都要消失于其中的生活

抵达后摩天轮继续旋转，空空的座椅在深渊之上随风摇晃

11/16/2017

跳跳糖

身为旋转餐厅的守夜人，客人散尽，我穿起礼服戴上手套，清扫餐具和残羹又整理桌椅，把落在地板上的单只耳环扔进积满绿苔的鱼缸，扶正被踢歪的点唱机并再次踢它为了听完人声消逝后的雨点嘀嗒，落地窗外，天空由靛蓝陷入漆黑，我告诫自己不能低头，更不要用脸颊贴紧玻璃随它颤抖，旋转餐厅高悬在海浪之上，客人来来往往，只有我坚守着在这里做风中最细微的蔷薇。

06/12/2017

道可道

穿墙人很愤怒,他的大半身子已经隐没,眼角余光瞥见了,
我遥望他右手紧握的权柄发笑,他不该被目睹,他若非
透明就是无形或是由未来所保存的遗忘,我觉得滑稽,
我就要去比较每处角落里落地镜的尺寸,它们就要失灵,
吞没本应凸显的虚像继而虚像对面的实体,穿墙人去了
那里,正在消失的我怎么会知道。

06/16/2017

迷娘曲

喝多了，我悄无声息地开始呕吐。逼竹林、松林、橡胶林开花都不好，地球总在旋转不会遵循谁的指令暂定。戏中傀儡和羽翼丰满的天使和寄生于根茎的蘑菇的同类项是什么，我说不出只能呕吐。停下来，高速公路旁的袖珍摩天轮，被海浪侵蚀的香蕉园里猴子与猴子的你追我赶，还有你我所不能彼此面对的那么多瞬间。

09/23/2016

彼得潘

捉影子是简单的工作

树的影子躺在草坪上晒太阳

车的影子在路面上与摩擦力玩耍

人的影子是掉出躯壳的魂魄碎屑

而海的影子是被抛在高处想要回落的天空

捉到它们只需要一点蜜糖

如果被生活敲打至今的你还藏着丝毫奢望

空罐头正好用来收集纷至沓来的影子

那也是朋友们脱离轨道来陪伴光明背面的你

就像是空罐头里长出了漂亮的瓢虫

11/15/2017

嘉年华

那个，说话时从不看人的眼睛，却在街道尽头搭起帐篷收留旧家具和死者的孩子，扎着细细的麻花辫，套着薄薄的连衣裙，口袋里塞满云母岩碎片，仰望天空时她深深地呼吸，仿佛与你之间的距离是雪橇呼啸而下的山坡，你是她瞳孔里被树梢撕破的深渊，你耐心地吹拂她的脸颊就像风轻舔棉花糖，宴会后，桌椅变成了柔软的身躯而人的血管里流动着矿脉，离开瓶子的酒穿过倒塌的蛋糕后又遇见了列队的蚂蚁。

12/21/2016

聚义厅

我拖着流血的左脚，穿过被降服的星群和狼群，去追赶飘忽不定的愤怒，背叛者只在天亮前绽放比额首的昙花丰盈，盗窃者被钉在墙上连同罪证供人观赏紫藤倾泻，我拖着流血的左脚重新封印天罡与地煞，被背叛的蒙上了自己的眼睛星群也陷入沉寂，被盗窃的绑起了自己的双手狼群止步于火堆，他们全都从我身上醒来如同无根花借用浮舟的窠臼聚众成形。

10/19/2017

彩绘屏风

心脏与浅水彼此渴望，死者归来的必经之途，随孔雀蓝的震荡而变得透明，你好，流星落地成为陨石，你好，牵动潮汐的银线原本就是月光，你好，迷人的白痴与我尚未学会面对面跳舞，忍耐是篇谁都讲不好的故事，谁还盘腿坐在平衡木上倾听撒盐撒糖都无关紧要的狂言？

02/02/2016

玩偶之家

暴风雨和暴风雪是同一人的表情，落地窗前发狂的白色窗纱和床垫深处的黑色旋涡隔着同一层皮肤，已醒来的葡萄在水晶器皿里流着血枯竭，关起门擦亮灯芯的石榴很累像逃兵躲避睡眠和刑罚，现实保护不了任何人，我们必须学会与自身的裸露妥协，每个人都无处不在如同盐侵占海，潮汐忽强忽弱因为我们在愚蠢和悲伤之间摇晃。

02/13/2017

与子同袍

超市门前，木板上陈列的菊花日渐稀少，就像孩子被收养，消失进陌生人家，那些无人问津的也许更为幸运，被风掀翻所能保持的尊严，聊胜于点缀无趣生活的价值，坐在花架前吸烟的清洁工看起来母鸡般臃肿，她头戴塑料浴帽，身旁散落着盆花，对迎面而来的雨雪早有戒备，她的孩子们为此更用力地爆发着金黄。

11/19/2017

风景旧曾谙

这里的湖很奇怪，或许它，更该被叫做池塘，没有绿藻与荷花，也看不见楼阁和流云的倒影，绕着它转多少圈都没用，它既没有水也不是空洞，你穿着不合脚甚至不相配的两只鞋，隔着七或八十年，在人群里大声争吵并眼睁睁地看着每张脸燃烧，记忆层层堆积而灰烬冷却成岩石，湖里有东西想要逃出来，你绝对不能喘气更不能停下。

05/26/2017

既然还活着

喝酒为什么要用杯子呢，也不必翻箱倒柜寻找酒瓶，火焰在水深处燃烧，麦秸是奇迹的配料，让孩子们掌厨，就好像凭空抛洒向日葵的种籽，去棺木上照着孔雀尾羽雕琢视而不见的眼睛，就好像想要读诗的时候，又何必要读诗呢？

02/06/2016

汉塞尔与格莱特

我爱过的，这些年来不停歇地，那些唇齿之间水果硬糖般甜蜜的，一圈一圈缩小着的，不停歇地从年轻回归年幼的小孩，终于挥散着四肢漂流到了海洋，他们也爱我，从脚踝蔓延到手腕，暗礁浮游于红色海洋，因为爱化作飞蛾，不停歇地吸食血管封锁的龙舌兰和血液喷涌尽头的龙涎香，对，我吃过的小孩也吃掉了我。

10/07/2017

盘子是世界成形前的胚胎

跟我去捡盘子吧，别怕撞上看不见的玻璃墙，还有追赶
你的白发婴孩和他满身的黑刺，学着我把手指插进膨胀
的河，变急变暗的水流运送着彩绘瓷盘，有的盘子捧着
屋檐、蛛网和星辰，也有些本就是海的切片或山洞入口，
被手指所触碰，盘子上的图画就要成为现实，其中必然
有我们，在摸索空盘所释放和禁锢的世界。

04/21/2016

被神仙吹过的头发都变白了

我问悬在头发丝上的神仙
闪闪亮的气泡
还有午后阳光里蓝加黄调出的绿
为什么你们都不是人呢？

穿着绿袍子、哭出无数气泡的神仙
说：因为只有你会死，
而且会死得孤单
而且会把所有活着的时间都用来害怕
不管我怎样温柔地吹你的头发

04/12/2016

吉祥

白色泥土的世界里

我是个白色泥土捏成的小人

睡在白色泥土堆就的大树下

梦见枝条间白色泥土搭建的阁楼

那里住着白色泥土仙女

她向我飘来双手捧成碗

我把头发吹成蒲公英

眼珠当作樱桃

摘下嘴唇和耳朵就是皂荚

手指绽放雏菊花

我用我的白色泥土填满仙女的手掌

再吃掉闪光的碎屑它们真的很苦

05/15/2016

星孩

我醒来的那刻在高处

那似乎是树的顶端

往下能望见移动的云团

很低很远的云偶尔有缝隙

从缝隙里再往下望去

隐约可见山峦起伏或海浪翻腾

我回到了自己的身体

手攥乌黑的煤炭，那是亿万年前

植物用力活过所挽留的阳光

脚踩无根的鲜花，那是刚被剪断

不可挽回地枯萎着的

与生命互为装饰的幻象

10/27/2016

众生相

吃花的绿皮蜥蜴

从哪里来

舌头长而分叉能舔到自己眼珠

的人，知道却说不出话

绿皮蜥蜴吞掉天堂鸟

又嚼起扶桑花

把细舌藏在花丛中偷蜜的人

摇头并伸展翅膀

海浪纯净得堪比钻石巨大且沸腾

飓风肃穆，如同唯有木星

才能佩戴的光环

三厘米的蜥蜴和五毫米的人

从未停止搏斗

血冷血热，血是万物相逢的魔毯

04/06/2017

德鲁伊

我可能是个假的人，是只长得有点像人的箱子，有时候
是挂满烟花棒的烤箱，有时候是藏着玩具恐龙的冰箱，
想起来还有手脚，我就吃旧衣服变成旅行箱，对了，正
在说这些话的我是变电箱上方的水龙头，黑暗就要掐灭
你们的切切密语，这是否意味着我也终将放弃自己，没
有箱子能够锁住那么、那么大的虚空。

05/28/2019

胎藏界

空荡荡的草地上都有些什么，反正我遇见了晒太阳的乌龟，还惊醒了睡觉的鹅，看它啄翅膀底下的软肋，看零星绒毛乘风起伏，我应该没在嚼被敲碎的石头或是蘑菇，那里还有很多很多很多尘埃，来自世界之初和太空深处，我觉得旅行太徒劳而虚度光阴似乎很美妙，因为该在的从来都在更还有不该存在的疯长如野草。

07/02/2017

清水沏日

暴雨如注的时候，如果竟然还有阳光，我们应该抬头向天，说些鼓励或感激的话，雨很努力，太阳也很尽职，水幕和光柱都透明而闪亮，就像是不相容却相爱的两个人，在遭遇彼此的瞬间毫无保留地争吵，我们没有资格同情太过巨大的事物，被裹在数十公顷的雨水里，追着光照滑行过刹那或永恒，奇迹本就如此寻常。

07/07/2017

万涂竞萌

清晨山间的雾很白，不知该如何形容，我尝试着浓厚、鲜明、绮丽这些词语，可公交车早已拐过弯去，躺着旋转的地球坚持不懈地调整与太阳的夹角，我乘着车、乘着行星、或许还乘着比生生世世更为恒常的闪念，望见很白的雾涂抹远山，被晨光擦亮的雾变得更白，最白的雾并不存留于我的记忆，它捕捉并储藏我继而坚持不懈地将我推远。

10/06/2017

第八辑·神无方，易无体

Invisible Black Matter

去热带死的好处是，阳光亮得像白布，布飘在风里像太阳正在蜕皮，搭在肩上、缠在腰里、抓陌生人的头发并惊叹于猴子很瘦，猴子死在热带从树上掉进水里融化在珊瑚的嘴里，被抬走的人很轻很轻的骨头里都是洞，洞里很亮很亮全然没有影子。

05/03/2016

不流连

向往潮湿炎热的地方，最好是海岛，有雨林，植物长得快也死得快，猴子脸色铁青屁股血红，瞭望台上不能点火，闪电和雨水拧成巨绳，这里就连腐烂都在加速，彼此抚摸要小心脸颊上的空洞，原来骨架和骨架可以学积木彼此嵌入，哗啦啦都碎了，空气本就是粉尘肥美若飞花不流连。

02/15/2017

昨夜寒蛩

沿着漫长的海岸线，长途车行驶在雨里，用指尖划在窗玻璃上的疼痛本只是字迹因而很快又模糊了，抱着脱臼的胳膊下车，走进街道对面的小巷，那里的屋檐下挂着囚禁鹦鹉和画眉的铁笼，那里的水缸高过鼠尾草，结锈的水面上漂浮着并蒂莲，在窄巷尽头攀登高坡越过砖墙，所见的海是镜子这边的波澜，镜子那边是死后或醒来的世界。

09/12/2015

尸解仙

穿过草地，因疼痛而俯身，看见草茎间零星、半透明、蓝莓般微小的茧，那是丝缕状雾气贴近地面的沉淀，形若断指的蠕虫彻头彻尾的倾诉，羽化前在世间最后的流连，令我回忆起胸腔里疼痛的来源，我梦见雨中的玻璃房建筑在河心，水流湍急夹杂着红萍、白鲮和游魂，它们经过我却没有方向，与我面面相觑却不曾相遇。

09/18/2015

安息日

悲鸣声并非来自野雁，他正沿着林荫道行走，路过火焰
般起伏的店铺，暗金色街灯照亮由疏变密的雨雪，他的
头发染着白,他拄着笨重的帆布伞，另一只手被绳索牵引,
绳索那头拴着边哭边奔跑的猴子,空气在鼓乐声中颤动,
连同空气所不能容纳的雨夹雪,就像他颤抖着身子咳嗽,
倾吐生命所不能消化的祈愿和无望。

09/21/2015

潮信来，方知我是我

金绳、羊皮纸还有比手掌大的矿石

我不爱这世界，却沉溺于左肩被箭矢穿透的屈辱

啊血，血的气味甜而腥臭

敌人从梦境这头走进消失太过漫长

我竟已髯须过膝

而银白仍只是海滨墓园里陌生女人的长裙

阳光如玉锁太过沉痛

我们躲在地窖深处咬噬彼此的脖子

别再离开，我正临空洗涤绷带

并偷偷告诉你每个人、每棵树连同每块矿石的名字

09/29/2016

齐物论

山林不会说话

冰原不能做梦

海浪感觉不到痛苦

它们和我们都很累

说话消耗对他人的耐心

做梦蚕食世界之外的世界

痛苦提醒我们还活着并且无可奈何

山林萌芽又落叶

冰原反射漫长的白日

海浪推动沉船上的沉钟

它们和我们都很累

我们听不懂树叶作响

不能直视冰原上的光

拼命伸手，却抓不住海浪的形状

09/16/2016

进化论

厌倦了生而为人

我持续善行

是为了托生成世界尽头的海豹

想吃彩虹颜色的鱼群就闭着眼睛吞咽

想到水面礁石上睡觉

就敞着嘴让口水滋养青苔

如果厌倦了无所作为的海豹

我还能继续升华成水汽

拂晓的橙红阳光拂过苍绿的松涛

傍晚的玫红阳光傍着垂地的靛蓝云层

我是热与景致的透明通道

过滤了生命的意义

09/10/2015

黑溪流动碎光

说起来，我从未见过仙人

却爱以井蛙之身，揣测闲云野鹤

她们必须忍耐的，想必与寂寞无关

却是吉祥的底色，或边界之外的黑

她们是蔓藤，偶尔青葱，偶尔夹杂裂帛的灰

她们微笑则有如树生繁花

但树已枯死，而花红有毒恰似幻影

我从未见过仙人，却知众生有情

入深渊者方得解脱，这可真无从说起

09/22/2015

黄金国

和尚去沙漠，当然是为苦修，更出于爱美

沙丘起伏，本就如同洋流，日落时余温尚在

沙粒细腻与否，都能镇定从后颅到脚跟的寒意

若躺进沙里，死前所见的，是金黄海洋之上的血色夕阳

和夕阳消逝的瞬间，墨蓝天幕上的璀璨星群

所谓的美，怎会拘于掌心的镜面

天黑后世界清澈如冰窖，为肉眼所不能惊扰

09/27/2015

黄粱与荒年

夜半惊醒的我，是门牙突出耳朵高耸的兔子，兔群攻陷了倒映水中的山腰，继续上山，山和玻璃钢筋的大厦融为一体，掉头下山，沿街的路灯依次变暗，大厦的顶楼是观河的眺望台，从那里伸手就能摸到世间所有河流的真身是绕指飞萤，路灯归黑处有座城门高悬着倒写的谶语过此门者魂魄分离，如同说谎人的牙和幻听者的耳朵背对背生长。

02/05/2016

物我两忘

棕熊和我走在山路上，我四肢着地爬行，它把前爪背在身后踯躅，晨雾是沉思者逃避现实的通道，棕熊的雾却不是我的雾，我们彼此交错却相安无事，它低声吼叫因为我正忧愁，我舔左胸的血肉当它被流弹擦伤，直到天黑我们都还没爬到山顶，日落后的雾满怀对世界的恶意，世界很小，只在我与棕熊对视的瞬间显现。

04/24/2018

蓝采和

在南方，树上挂满藤蔓并且全年苍郁，姑娘穿着套鞋去
采螃蟹和蟹爪兰，她们的草帽和念珠和公交沿线的凉棚
同样动荡，被酸驱使的蓝绣球和被碱浸润的蓝牵牛占据
首尾相连的花床，这里的雨季灰蒙蒙的总有什么在腐烂，
我习惯于在夜深处点火，我知道记忆就是守护疏忽的火
假装那重新燃起的和早已熄灭的同样幽蓝。

05/11/2017

大宗师

这次是真的累了

翻不过山，于是在山顶停下

活过的这么多世里，难免曾托生为雪

做过浮藻与流萤

恒星死后的光

无话可说却还在呼喊的人

但只有雪，想停就停下

什么都不想，还是会被留下

高高的山上晃动着很大的光斑和更大的阴影

被留下的雪静静地融化

我是河流的源头

我正成为那终将离开的一切

03/18/2016

为天下母

山里的雨像头发疯的狮子,膨胀的头颅取消了身躯四足,
在雨中山路上奔跑,你注定陷入这头狮子的鬃毛而不能
自拔,脚踝、腿肚和胯骨在雾气和水花间绷紧,曾经的
容器都已摔碎,曾经的凝视由墨转白,山巅在云层之上
连同积雪和晴空,而峡谷从骤雨的间隙里闪现,那是狮
子的嘴吗还是你在呼喊越来越远的人世间。

05/13/2017

启航

我不恨自己，也不爱自己，我觉得别人都很美，像雨中
湖面上，细密的涟漪，遥远是一块青色的矿石，我吃它
为了远离很美的人类，我不想去别的星球，也早就离开
了记忆中的世界，比如风滚草的晕眩，积雪在山坡上残
留的弧线，我漂浮着忘却自己，继而忘却，被忘我的我
所侵蚀的太虚。

01/12/2017

连山

我是怎么把自己弄丢的，我真的不知道，哪怕蜷缩在最微小的地方，比如，悬挂在耳垂下轻颤的贝壳里，苦闷胸膛断断续续倾吐的气息里，松针焚烧后飘在风中的灰烬里，把树砍倒吧，没有屏风的房间突然变得明亮，放弃挣扎的猎物突然拥有了山野和草原，空气是奔涌而来的恍若无物，该怎样与自己的裸露妥协，该怎样倾听自己赤诚的死？

02/20/2017

归藏

人们说过的所有话，在空气、海水还有金属里，都会留下痕迹，所有痕迹都被铸成纹章，收藏在不上锁的抽屉里，就像全世界的人，都居住在全世界的房子里，即便无家可归者，也有天地所收容，即便是毫无意义的呻吟、没有听众的啜泣或不成腔调的歌咏，也都曾被说话的身体所温暖，人们这样说着说着，就弄丢了为并不存在的锁所打造的钥匙。

02/10/2017

人蛾举火

人蛾蹲在山顶望气，人形的蛾挥舞双翅搅乱云，化作飞蛾的人被后世望成通天的塔，云所说的话却没有人懂得。云说：我的无形至美，我的变化即是恒定，我在星辰的眼眸中抹却星辰，为旋涡最深处相拥的人与蛾举火。

02/06/2017

Aurora

我不想睡在风里，也不喜欢睡在水里，最不情愿的，是睡在时间的流逝里。热的东西总会变凉，动荡的一切总要恢复平静，无论睡在哪里，我都会梦见山峦崛起，星星被逐一点亮，宇宙感受着它自己像一只垂死的手。

07/12/2016

第九辑・思辨实在论 II

突如其来地悲伤，想必是正穿过残存的灵魂

存在过的人与事，都有热量并留下痕迹，隔着斑驳的窗纱，
我望见陌生的城市正下雨，街道上跳跃着来自近海的银
鱼，树叶逆风展示背上的脉络，我等待隔壁房间里，水
壶坐着火鸣啸，街道两侧的小楼大多空置，尤其在入夜后，
它们收藏早已消失的人和事，像水母浮游于阳光尚可抵
达的水域，与更深更黑处互不侵犯。

10/02/2015

而放慢脚步，想必是因为终点已入目

只有年纪渐长，我才开始喜欢美丽而无用的器物，譬如印花信笺，雕着风景的灯罩，疯狂吐露新芽的藤萝。勤于受激或过敏是少年的特权，诸如青苹果表面水洗后而更艳的绿蜡，或是粉颊两边浸染红晕的耳廓。太多人过早消费了自己和他人的贮蓄，但无用的终究无价，我所把玩的飓风眼，用宁静点缀了身前身后的废墟。

10/04/2015

渐晚的小晕眩，吹散万千气象却灭不了孤灯

体力不支，是看云听雨的好时候，再赶上停电就更好，无所事事，时光飞逝，露台外有大片绿荫正转黄又透着红，如果电继续停下去，草就会长到屋顶上来，各种革命都会像钟表那样倒转，哪怕无处可归，各种幻象，比方说自觉、自决与自绝，都会充气玩具般慢慢漏完气，体力不支，正好安眠，可梦遇风凪雪霁。

10/06/2015

末日将至，忧愁微不足道

世上的氧气就快耗尽了，剩余的生物进化出将自己包裹起来的气泡，气泡的大小彰显着命长命短，所以会有被巨大旋风所守卫的牛眼菊，或是蜷缩在手提箱里的抹香鲸，那时的旅行就像是冰冷阳光下的吹肥皂泡比赛，歪脖子的马踩踏着岩层下正在化煤的树丛，时而皎洁时而流血的我在山谷里飘荡，为苟活于世的最后时分而羞愧难当。

10/08/2015

因万物可朽而恐惧，为苟活于世而羞愧

青砖楼宇围绕的空地，若逢雨夜则喧闹异常，每道雨丝都翻卷出层层帷幔，每层帷幔都掩映着重重店铺，去那悬空集市采购，最好骑上脱壳的蜗牛，揣着蜜酿与伤心去交换奇珍，若是革命者到来，黑奴与苦力将释放藏在瓦盆里的星河，若是偷情人被撞见，他们彼此缠绕的脚踝会薄冰般破碎，罪孽飘浮如金缕黑缎都成灰。

10/12/2015

佞臣的玫瑰园根植于稠密的虚无本身

目送星空倾斜着升降，我终于明白了，事物在巨大漏斗的边缘滑行，被呼喊的祝福无异于诅咒的倒影，回旋镖剖开的礼物本就是我们受伤害的身体，玻璃瓶里塞满银灰和赤金的陀螺和日出后由霜白变得苍绿的草坡，和我一起瘫倒吧，双腿交缠，静静地腐烂并捧出糖，所有不甜蜜的终将穿透旋涡成为虚像丛林里的虚晃。

12/26/2017

异乡人，你可知海还在陆地之外？

我被海的颜色吓坏了，雪青、翡翠、蔚蓝、漆黑，界限分明却又急速切换的颜色提醒我快艇的速度，我记不起过去，为什么被绑在船舷，为什么手捧尚未开封的酒桶，我不知道狂欢节即将在哪座岛屿上举行，而我的任务是无休止地吟唱哪首歌谣，被吓坏的时候，脚趾冰凉而指尖颤抖，舌根处堆积海盐而舌尖追逐飞沫。

10/25/2015

黑胡子说：空岛是存在的！

大海轮停泊在向晚城时，连绵十几条街都可以上船或卸货，夏末雨水欶欶不息，空气里穿梭着火箭矢和挂金铃的流萤，开膛破肚的西瓜随地可见，睡在凉席上的儿童偶尔会被当作药材错收，大海轮难得途经山巅的向晚城，除非浓云万里吻合了海潮，水手说起飞那刻蝴蝶般轻盈，他们颊上都有状若蝶翼、被死亡亲吻的黑印。

11/07/2015

万物无所遁形，人却一无所知

如果我起飞，能望见太阳和现实之间漂浮着，精密得令人悚然的光幕，浮雕般呼之欲出，却辨认不出任何已知的形体，只有振翅高飞的我曾匆匆瞥见。我畏惧着什么，伤心者的退缩或是为万物扎根而敞开现实的意志？更高处还有森林和岛屿而太阳却总蒙着脸，世界仍旧被照耀并且没有秘密可言，只有这悬空的启示来迎接我，隔断臆想中的出路。

05/29/2018

他决定离开，这是另一个迷宫的入口

那年八月，他独自去山里，有些山峰被开矿人炸得只剩半张空壳，而那些幸存的，在起起伏伏的夏天里，拼命地膨胀起来，撑开墨色森林和树丫间凶蛮扩张的蔓藤，暗处还有花，淡金粉白的滴蜜细盏，他从南方来，见惯了四季盛开的硕大绣球，恍惚于傍晚时分以雷雨为前奏的漫天飞雪，这是八月啊，他抱紧双臂奔跑起来，想要追赶山路上踯躅而行的孔雀，又似乎什么都不曾看见。

06/05/2018

图书在版编目（CIP）数据

雪是谁说的谎：倪湛舸诗集 / 倪湛舸著. —— 上海：上海三联书店，
2018.9（2023.12 重印）
ISBN 978-7-5426-6295-8

I. ①雪… II. ①倪… III. ①诗集 – 中国 – 当代 IV. ① I227

中国版本图书馆 CIP 数据核字（2018）第 126126 号

雪是谁说的谎：倪湛舸诗集

著　者 / 倪湛舸

责任编辑 / 职　烨
特约编辑 / 曹雪峰
装帧设计 / 人马设计・储平
监　制 / 姚　军
责任校对 / 魏钏凌
出版发行 / 上海三联书店
　　　　　　（200030）中国上海市漕溪北路 331 号 A 座 6 楼
邮购电话 / 021-22895557
印　刷 / 山东临沂新华印刷物流集团有限责任公司
版　次 / 2018 年 9 月第 1 版
印　次 / 2023 年 12 月第 4 次印刷
开　本 / 787 × 1092　1/32
字　数 / 119.8 千字
印　张 / 6.5
书　号 / ISBN 978-7-5426-6295-8/I. 1395
定　价 / 48.00 元

敬启读者，如发现本书有印装质量问题，请与印刷厂联系。0539-2925659